詩集 神々の住む庭で

―パミールからヒマラヤへ―

志賀 洋

創風社出版

目次

辺境とは、文化から離れた地域への旅を
思惑から行動へと移行したとき、その
道程のなかから生まれる驚愕であり
新鮮な入り口であろう。

志賀　洋

詩集　神々の住む庭で

―パミールからヒマラヤへ―

牧神の午後に

ムスターグ・アタへ限りなき感謝をこめて

パミール高原の
藍を敷きつめた天上から
紡ぎ出された絲のような神水《しみず》が
耳元を流れる午後の睡《まど》ろみ

白きたおやかに光る
ムスターグ・アタの
艶やかな稜線をなぞれば

白い息のように雪煙が舞い
括《くび》れた氷河に見えない音たちが
砕け落ちる

やがて柔らかな風が
草原に舞い降りて
日干しレンガの家の向こうで
晩夏の草を刈る牧夫の
遠い音を枕に
昼寝する　朴

森へ入る日

ある藍色の朝
ひょいと決断が垣根を越えた
「年令《とし》ですかい?」
いえ　森へ・・・・

人は森の力をかりて生き　死んだ後森に帰る(1)
という　だから　行くのです
森の土壌を嗅ぎに—

たとえば
河口に落下する欠けた二月があったように
貧しき春の一日はきゅんと打ち寄せ
震える闇の流木
それから
にぎにぎしい砂礫の食卓に海が響き
ポトポト弾ける苦汁《にがり》の輪・・・・
やがて
砂漠を流離《さすら》う旅人のように沈黙する夜に
ここは郡境
「お道ように」
村人が提灯《ちょうちん》をかざす

丸い背《せな》で送る刻の過去たち

明けて
小川が光にあふれる朝の里山から
「あの人はもう発ちました」
花辨の水玉が葉を揺らぐ休日
春の雨が畑を起こした懐かしき土の声を配る
時間《とき》の園丁から(2)

そのあげく
客はたいてい花時にやってくる
やがて
酔っ払った磁場が内側《なか》で重く溜まると

男は　垣根を越えて
森へ入る

脚注　1　高良留美子「神々の詩」〈森の力〉より引く
　　　2　武満　徹「時間《とき》の園丁」書名より

エッセイ

文明の十字路で

一九九八年夏の新疆ウイグル自治区・喀什《カシュガル》

斜光が雑踏の十字路を射している。開放路をとめどなく行き交う人の群れはざわめき、緑の制服を着た交通巡査の警笛と、日本製中古オートバイのクラクションが吠え散らす不連続の響き、男は画面に封じ込められた時間という未知の河へ、溶けていつしか流れ込み、文明の十字路は絲綢之路《シルクロード》の興亡の歴史を埋め込む熱砂の路か。商館の前を驢馬車が通り過ぎる。

黄昏にはほど遠い中空に、モスクがその藍を浮かべている。エイティガール寺院の前の広場から、雑踏はバザールの仕掛けへ吸い込まれて行く。

角を曲がると、羊の頭が転がっている。煙の中から爺さんが、〈カバブーはどうだ　わしのが一番うまいよー〉その横で、煤けた顔の少年がナンを売り、首を左へ振ると、彫りの深い顔の青年がいきなりウイグルナイフを突き出し、〈釣り銭なしだ　三本!〉向かいの帽子屋のダンディ男がウインクし、柳行李の衣装箱屋の上さんが、鮮やかな矢絣の娘達に黄色い声を掛ける。それを見て、ウイグル帽の口髭の男達が囃し立てる。

職人街は、手作りの音が競演する刻《とき》、オアシスの街　喀什（カシュガル）は、イスラム文化の響くるつぼだ。その時、〈ハロー日本人!〉男は異境の言葉に驚き、それから言葉を引き摺ったままだ。十字路を館へ帰る。

天井の高い殺風景な百貨店がある。埃を被った日用雑貨がごろりと置かれ、原色の民族衣装は賑々しく吊られて天井の扇風機に揺れている。客のいない金細工のアクセサリーの売り場、その陳列棚の上に擦り剥げたラジカセテープが無造作に積まれ、ウイグルの流行歌が激しく流れている。奥の古びた絨毯《じゅうたん》に、放出品の軍服と野戦帽が、兵士のように伏している。

ほんの少し前、十字路の向こうの丘で砂嵐が吹き荒れ、その砂丘を越えて、君には聴こえるか銃の炸裂する乾いた音が——黒い物体が凝視している。坐像か？　その時、髭の中の大きな眼が見据えるように光り、一瞬ゴビ灘《タン》のような手が指し出され、顔が下へ傾く、腰から下は何も無い。

ポプラ並木がパラパラ音を立て、どこまでも続いている。喀什《カシュガル》の人々も、観光客もみんな樹下を通り、解放路を砂埃を巻き揚げながらバスが走る。その後を驢馬車がカタカタと通り抜ける。灼熱の光を透さないポプラ並木の長い根元は、涸れた水路が線となって続く。バス停の傍らのポプラの根元に、凭《もた》れて佇《たたず》む放浪の夫婦か、やがて妻がラワープを掻き鳴らし、盲目の語り部の抑揚をつけた声が涸れた水路に流れる。男だけが立ち止まり、土色の皺がせわしなく呼吸し、その口から砂漠を吐き続ける落日の叫びを聞く。君には聴こえるか、文明の十字路の宿命が——

激しかった刻が置き去りにされた十字路は、今、歪《いびつ》な流れに空白の刻を浮かべ、男は日本時ではない時間の狭間で、きしむ音を眼に感じながら、雑踏を駆け抜ける。

警備のいない賓館の表門をくぐると、イギリス庭園が晩餐の館へ誘う。賑わしい円卓のウイグル料理をつつきながら〝昆侖特曲〟※を呷《あお》る男の痛さ……

夜の遅い十字路を、笑顔の中央アジアの人の群れが行き交う。

※ 中華名酒。原料高粱《こうりゃん》など

辺境の楽園

枯葉が地面を躍っている　コートに背を丸めた男がベンチに掛けて眠っているのか　記憶を辿っているのか――

遥か南の峠から　霞のように　点のように　ゆらゆらと近づいてきた派手な飾りのバス　国境の屋根に引かれた中巴交路（パキスタンへ通じるシルクロードの幹線）に喚声を残しながら　八月の草原へ消える　それは希望の箱なのか
今　男の全身を躍動する四十有余年の憧憬

もどかしく草原を踏む山靴　その眼前に雄大なコニーデのムスターグ・アタ（７５４６メートルの名峰）北の見晴るかす大草原の彼方

赤茶けた丸裸の裾野の天上　屹立するコングール（７７１９メートル・パミール高原の最高峰）の白い峰―ここは大パミール　東トルキスタンのオアシスの街カシュガルの屋根　その情景に震えるように立っている男の至福　やがて大草原に緩やかな午後の風が吹いて――

ムスターグ・アタ　その懐に一筋の流れは生まれ　たおやかなる草原に　水源だというスバシ（パミール高原の冬村）の村々にウイグルの祈りの空気が漂う静寂　雪解け水で洗濯している少女の頬は石榴のように　笑ったように澄んだ碧い目　「ヤクシマ《こんにちは》」　微笑する無垢　焦げ茶色に光る唇

遠くのなだらかな傾斜に向かって「オーイ」と叫んでみる　日干

しレンガで囲まれたイダラ村　荷車の上で戯れていた子ら　慌てて
門へ消える声の姿　樹木の影さえ無い四角い砂地のその白い囲いを
くぐる　灼熱の陽光を浴びている庭　ほの暗い日干しレンガの家の
土間　その奥で臥せっている蝦腰の老人　干からびた髭の口は時に
呻き　それは腹部の末期的激痛か　あるいは十九世紀の探険家が
辺境の庭に発した呻きの記憶なのか　草原を這うこの苦衷の響きに
駆けてきた少女の叫びが絡む　日干しレンガの屋根を貫く砕ける嗚
咽　その手で乾燥大地の皺を刻みつけた老爺の額を拭う　やがて地
上の命は消えて昇華するのか　昔　愛する人と羊や山羊を追った楽
園の詩を呟くように歌う目　日干しレンガの家を抜けていく老爺の
魂　草原を舞いながら〝父なる氷の山〟ムスターグ・アタの頂に立
ち　アッラーへと近づく　もう死後の旅に発つのか　祈りつづける
少女・・・・

晩夏のパミール高原の　日干しレンガの囲いの庭で　茶の湯の宴
仰ぎ見るムスターグ・アタが霞む　群青の記憶・・・・
　救急車が失踪する　鎖で繋がれた公園の向こうはスクランブル
洪水のような暮の街──

希求の風

石の回廊を　谷の風が渡る

通せん坊をする少女たちの髪が揺れ　あるいは　食器を洗う兄弟
の頬を撫でて水を散らす　天涯にこんもり届く棚田は黄色く熟れて
峠のタルチョウ（チベット仏教・五色の祈祷旗）は風にはためい
ている　神の山に豊穣を捧げた跣《はだし》の農夫が回廊を下る　若者が鞭を
打つキャラバンが　カランカランと行き過ぎ　驢馬の腹は温かい空
腹　白いヒマラヤは　一瞬の輝きを残しながら　谷間の空はポッカ

リと朱色に染まる　深い谷の石の路を　額からナムロ（背負い籠＝ドッコに使う紐）を引っ掛け　背丈を超えるドッコ（底がすぼんだ大きな丸みの竹籠）を背負った農婦が　村へ急ぐ　今日もあたりまえの日没が始まる

かつて　山麓の人びとが憧れたカトマンドゥ　その雑沓の風は遥か盆地の底だ　この辺境の谷の風は　天上の牧歌だ　マチャプチャレ（６９９３メートル「魚の尾っぽ」の意　双耳峰が美しい信仰の山）が　アンナプルナサウス（７２１９メートル・南峰、１峰のすぐ南に座す雄大な山容を誇る）が　今　たおやかに生命《いのち》を語りかける　生きとし生けるものの希求の風ではないか　単純さと貧しさを背負い　不満はなく　平和な心から湧き出すこの日常で　〝雪の住み家〟（サンスクリット語＝Ｈｉｍａｌａｙａ）の畑で暮らす人びとの　煤けた素顔に　谷の風が黒い髪を撫でてゆく　小さな炊

煙が上がり　日干しレンガのキッチンから　食器の音と歌と笑いが弾ける夕闇　やがて　透明な蒼天の深奥から　無数の星が瞬き降ってくる　ヒマラヤの草のテラスで　流星の奏でる美しい宙《そら》の音を傾聴する旅人　闇のなかで　野犬が遥を吠える

脈打つ　満天の星

天蓋の蒼

朝の光のなかで
竹の籠《ドッコ》を背負った村人が一人
石の回廊を下りて来る
村はずれの坂で牛《ヤク》が待ち
僕は御辞儀をして
たおやかな峰に向かう
有頂天な尺取蟲

ふと見上げれば
峡谷の吊り橋を今度はドッコが二つ
乳色の急流にもまるで無頓着に
ゆるやかな風と渡る
ドンキー《ろば》・キャラバンが行き過ぎ
鐘の音が遠く響く
のどかな昼下がり

収穫の終わった棚田を巻くと
遥か天空に白い双耳峰が屹立し
天蓋の蒼に黙して坐る乾いた午後に

テント場で魔法の茶が入る
旅人《トレッカー》は疲れた鱗を脱ぎ捨て
角ばった白い憧れは
辺境に溶けてゆく
そのとき　少年が紅い茶を注ぎ
きらめくような瞳に
「やがて　お前はシェルパ頭《サーダー》だ」と
神の住む山が告げる刻の狭間

ヒマラヤの秋の黄昏に
崖のプリムラは冷気に包まれる
数珠のように連なる山の憧憬に

小屋の炊煙は賑々しく
アンナプルナに
月が上る

ヒマラヤ・風の谷へ

青乳《あおち》色の谷はしぶきを上げて吠え・・・・
華麗なる氷塊が渾身の勢いで削る川底の音
村の渕を洗礼して一気に下る
ポカリと開かれた澄んだ蒼天井
マチャプチャレが　ヒマラヤの白い峰に
尾をピンと上げて　空を叩いている
村道は敷き詰めた祖先の石畳
その村外れの懐　チョウタラ《(荷物を置く石積みの休み場)》の菩提樹の木陰を

駆けて回るてかてかの袖
汗色の衿の匂いを風になびかせて
澄んだ深い目の子供たちが遊ぶ
午後の風の谷

緞帳の降りない日本の夏の夕べ・・・・
風の通らないスクランブルを　日常が群れて渡る
乾いたコトバを並べながら　流れる川　干からび
たアスファルトの舗道　不規則な形で跨ぐ疲れた
足の主張　不条理を吐き出す人の川の泡沫《うたかた》は　灼
けただれた風に浮いて団地へ消える　酸欠の患者
のように・・・・　夫婦と子供一人の弾《はず》まない食卓

「蟬が死んだよ」　焼肉と冷えたビールだけが口に運ばれ　テレビのナイトゲームが日常を叫んでいる　定着の風景画　「きっと電池がなくなったんだよね？」「・・・・」「ねえ　あなたったら・・・・」昼間　混沌の時間のなかで燃えてしまった生の言葉　響きあわない音の散らばり

まあわれ　まわれ　マニ車《ぐるま》・・・・
古道を往き来する風の道　息づく人の言葉
境界の無い視程で歩く足の思想は
辺境の道の旅に生まれる
ここにも　〈ダフニスとクロエ《（ミレーの「春」より）》〉　がいて

ヒマラヤの谷の道は　今日も健やかで
村の人達が笑っていて
そうやって　夜になると星が降り
風の谷は　静かに眠るだろう
だから・・・・

ヒマラヤの今朝の秋に
6993 メートルのマチャプチャレが
藍色の空へピンと蹴上げる尻尾
泳ぎまた跳ねる　ここはヒマラヤ海
その姿を仰ぐ下界の小さな峡谷の村は
隆起した海底の記憶

（2000 年秋　アンナプルナ・トレックより）

エッセイ

ヒマラヤ・風の谷を越えて

今年の四月、フランス・ネパール・イギリス・スイスの合作映画「キャラバン」を観る機会があった。「厳しいヒマラヤの大自然を舞台に、生死を賭けたキャラバンを繰り返す人々」（映画広告）が主題で、ネパール、ヒマラヤの奥地をヤクの群れを引き連れて、生きるために塩を運ぶキャラバンの物語であった。

キャラバンは、石の道を行く〝交易の回廊〟で、過酷なキャラバンの歴史でもある。ヒマラヤの人達《びと》は、幼い時からその〝キャラバン〟という旅をすることで、生きることを学んできたのだろう。旅が学校で、旅そのものが人生なのである。

私の最初のたびは、パミール高原から始まった。一九九八年夏、中国・新疆ウイグル自治区西端の国境のオアシス都市、カシュガルからパミール高原へ。二回目の旅は、二〇〇〇年秋、ネパール・ヒマラヤ中央部・ポカラよりアンナプルナ山麓のトレッキングであった。この二つの旅より〝辺境〟への関心がますます高まってきた。辺境を歩き、見たり聞いたり、触れたりすることによって、その土地特有のフレイバーのようなものを感じながら、発見の旅を求めたのである。

日が暮れると、床の上に着古した毛布にくるまって眠りにつく。太陽が上ると、鎌を持ち、ドッコ（竹で編んだ背負い籠）を背負って峠を越え、谷を渡ってまた山を上る。そうやって野良へ出かける単純な一日の仕事。しかし、人達は自然を畏怖し、自然と共生し、自然の恵みを素直に受けて暮らしている敬虔な人達なのである。

今、日本の地方（田舎）は、都会と辺地を結ぶ〝都市化の回廊〟のような気がする。本来、自然に育まれた生活の中から生まれる道徳観や宗教観・人生観はどこかへ忘れ去られ、人間の欲望や、理性を失った日常が走り抜けている。このような現代社会の病んでいる部分を、ダライ・ラマ（第十四世）は、「欲望は不満をもたらし、幸福は平和な心から湧き出る」と。つまり、辺境の生活は単純さと貧しさの同居であり、そこには、自ら大きな欲望は生まれない。逆に心の平和、心の豊かさが生まれる所以である。われわれが〝地球に生きる〟ということは、そういう考え方から始めなければいけないのではないか。ヒマラヤの石の道を歩きながら、ふと考えてしまうのである。

バブルがはじけるもう少し前に、ジャコメッティの「ディエゴの胸像」を東京のブリジストン美術館で観た。その時、時間や空間の持つ重い意味を感じたが、今はどうだろう。変貌した〝素焼きの顔〟のように、日常がスクランブルを群れて渡っているのかもしれない。

辺境では、そこに生きる人達の一瞬の目の輝きや、陽気さと快活さ、その上に労働の足取りが心地よく息づいている。そして、人間と自然が密着して調和を保って生きている。私が目にしたことは、裏に潜んでいる社会的な状況や貧困など、真実の生活や混沌とした部分を見たのではないのかもしれない。しかし、ヒマラヤの神神しい姿に初めて接した時、人間性の哀しい部分や怒りの部分を超越したものを感じたのである。そこには、たおやかな眼があり、人達の仕種がある。声が響き、豊かなフレーバーが香ってくる。

太陽が西に傾いて、谷間の空が朱色に染まることを、ヒマラヤでは〝スンダラ・ラング〟と呼ぶ。空がオレンジ色に変わり始めると、深い谷の対岸の段々畑で農作業をしている人も、村の入り口の大きな樹の下で遊んでいる子供達も、みんな家に帰ってくる。そういう光景を見ながら、ふっと正面の純白の山を見る。右手に七千メートルの双耳峰マチャプチャレが鮮やかに空に屹立する。このピークは〝魚のしっぽ〟と呼ばれ、〝神の住む山〟として崇拝されている。

左手には、アンナプルナ・サウスが圧倒的な美しさで眼前に迫ってくる。今、自然の真っただなかに溶けこんでいる自分がそこに居る。そして、自然の恩恵を受けて生活している人達が周りに居て、そこに辺境の人達のゆるやかな仕種や、フレイバーとしてのすこやかな風を感じる。そうやって感じた風は、生きること、つまり、生存に対する〝希求の風〟ではないだろうか。

私を通り抜ける風は、ヒマラヤの慈しみと、そこから生まれたたおやかな心から吹く風であった。プーン・ヒルの下りの道で、すし屋の板長風ネパールのおっちゃんがまた〝レッサン・ピリリ〟を歌いだした。白いヒマラヤへの名残りの大合唱が谷を渡るのである。

*

＜余話―トレッキング・ハットのこと＞

一九九八年、猛暑の天山南路は、長時間の旅となった。つまり、新疆ウイグル自治区の首都、ウルムチからシルクロードを悪戦苦闘し、聖域の十字路「カシュガル」に到達。そこからパミール高原のふところへ入っていった。

そのルートを歩くには、いくつもの地図類、概念図などが必要となってくる。ポケット中地図だらけ。……それで自分は出発地から目的地まで現地ではツアーリーダーにまかせ、必要なマップは小さく加工してポケットに収納した。

炎天下で絶対欠かせないキャップ（帽子＝トレッキング・ハット）は、ダブルで使える大きめのハットを用意していた。出発二、三日前になって、何か味気ないことに気付き、地図をいちいち出さなくても、帽子に目的地を含む概念図を書いておけば便利で重宝ではないか。実に名案である！　概念図を画用紙に画き、布切れに何回も試し画きして完成した。

出発の時、ツアーの講師である藤木高嶺先生（脚註参照）が見つけられ、「これはいいね」と誉めていただいた。その時、サイン（自筆）をいただいたが、そのサインのおかげで、高山病にもかからず、パミール高原の夏を楽しんで旅をすることが出来た。私の大事な宝物である。

脚注　藤木高嶺先生

一九二六年生まれ。関西学院大学卒業。新日新聞編集委員を経て、大阪国際女子大学名誉教授（文化人類学）、海外探検・登山の調査取材（40回以上）。第12回菊池寛賞、第5回大同生命国際文化基金地域特別賞受賞。著書『大自然に生きる人びと』（くもん出版）『秘境の民の暮らしとこころ』（ほるぷ出版）『ああ、南壁』（中公文庫）など多数。

モディ・コーラの風に

モディ・コーラ！
（峡谷の響き　流れる朝の空《うつ》ろ・・・・）

雲上のアンナプルナの峰々から
生まれ落ちた水の妖精モディ・コーラ
谷が風を運ぶ刻《とき》
揺籃の吊り橋の　ここはS席
水塊の交響曲を聴く

張りついた内耳の記憶

橋を守る小さな村は
小学生が朝の食器を濯《すす》ぎ
ようやく手の空《す》いた女は
道のような庭先で髪を梳《す》く
〈ナマステ！〉
〈ナマステ！〉
茶色の艶やかな顔が笑うと
谷の風が長い髪を振り向かせ
ドッコを背負った男を送り出す

ヒマラヤの今朝の秋に

６９９３メートルのマチャプチャレが
藍色の空へピンと蹴上げる尻尾《しっぽ》
泳ぎ　また跳ねる　ここはヒマラヤ海
その姿を仰ぐ下界の小さな峡谷の村は
隆起した海底の記憶

やがて　澄んだ空に鐘が響き
驢馬《ドンキー》キャラバンの息が近づく石の回廊
子らが走り出し　母の叱る声が飛ぶ
赤蜻蛉《とんぼ》が揺れ　舞いながら
谷を渡る午後
小さな村の石積みの道の上で
極彩色《ごくさいしき》のタルチョが青天井にはためいて

老母が一日の豊穣を祈る

モディ・コーラ！
（この峡谷の　たおやかな朝の挨拶）

カルカ《（放牧用石積みの小屋）》へ

地球をわたる三月の風に
こぼれ落ちる人　糧を生む人

過去を詰めた風呂敷包み抱え込む素顔の女
通り過ぎる町家が並ぶ路地裏—
上ル下ル道の程
あるいは
ナムロ《（背負い紐）》が額に食い込んだドッコ《（竹で編んだ籠）》の重い荷

午後の谷道を行くポーター二人

アーカイブスのモノクロームをたどる記憶
過去という夜のような呼吸に
眠らない渇望という現代を引き込む
錆びついた**歯車《ギア》の不協和音**

ここはヒマラヤ
ランタン谷が純白の雪の衣を纏い
谷の林が暮れるロッジ
夕食前の団欒にパインツリー《（切り落とした松）》の薪が弾き
乾いたヤクの糞が赤々と燃えるストーヴ
やがて食後の円い時間のなかで

刻まれた深い皺の女主人が
家族のカトマンズの便り途絶え・・・・と
白い谷　馬の背に雪降り積む

石囲いの庭　ウーと唸るヤク
新雪の吹雪で覆われる避難小屋
混沌は慌ただしく呑み込まれ　消える思考
凍える床の上のドッコ
やがて　シェルパニが近づき　部屋を巡る
手作りの毛編みの品の売り声・・・・
そのとき　ドッコの底で乳をせがむ赤ん坊
積まれた布　揺れる床音

今を喘ぎ戦《おのの》く　キャンジン・リへの登り
喘ぎ喘ぐ　喘ぎ喘ぐ　停まる・・・・
ゆらゆらと踏む４３５０メートルの頂
雪に埋もれたキャンジンゴンパ　小さな村
岩峰に屹立する千切れたタルチョー
無限のように吹き飛んだうすい暮らし
こぼれ落ちていった記憶の糸
立ちどまる風は　ヒマラヤの神々の仕事
生を意識する山靴のきしみに
向き合う地球の襞！
〈明日の記憶〉を奏でる風が吹き始める

ランタン谷へ落ちていった記憶と混沌

いくつもの壁を超えた旅の傾斜の向こうに
白く眩しく光るヒマラヤ襞のガンチェンポ
その直下　透き通った氷河の裾野

遥か最奥のカルカへ手を振り
やがて顔を出す緑の谷へ
僕は泳ぐ

路地裏に吹く風　歩く下駄の音
小さな谷の村の生への営み　祈り
ここにも掛け替えのない人達の呼吸がある

存在という手ざわりの旅に溶けて

カルカは遥か　雪煙の下

雨の形　1

〈青梅雨《あおつゆ》〉

雨の上がった生垣に
月の匂いが降る。
遊牧民《ノマド》の諍《いさか》いのように
住宅街の畑で
茄子の花が刺々しく開き
蔓茘枝は　頑《かたくな》にほろ苦い無言を

ぶら下げている。
……
……
介護に疲れた女《ひと》に
夜の庭で
詫びを探す。

パミール高原は
きっと　星が降っているだろう。

雨の形　2

〈雨濯《うたく》〉

KANDAHARに
爆音が停まり
褶曲された褐色の山襞から
鈍色の砲煙が立ち上がる
パラシュートが開く
真昼間《まっぴるま》　空から降ってくる両脚

砂漠に突き刺さる義足の雨濯
砂漠のバラ《サンド・ローズ》を求めて突然失疾走する
松葉杖の群がる軋み
巻き上がる砂の叫び
この砂漠の混沌に　まもなく夕闇が訪れ
何処かへ消える人達《びと》

目を瞑ると
バッハのカンタータが響き　谷を渡り
やがてヒマラヤは　スンダラング《（瞬時の朱色の空）》に輝く
空には　国境もない

雨の形　3

〈白雨《はくう》〉

雨の匂いをかいだ
幾百かの戯れのように
雨の匂いを聞いた
烏骨鶏のいる農具小屋に
太い両脚が弾く辺で
痩せた畦道の轍《わだち》を飛沫が切り崩す

トマトが千切れた数珠のように
泥に剥きだされ　あるいは埋まる
腕の中で麻痺している眼球と錆びた斧の重み
朦朧の内に在る状況は屈辱の狭間でしかない
この漂流する枯木を曳きずる男の日常に
両脚は容赦なく地を叩く
この思いもせぬ泥濘《ぬかるみ》

見るがいい
タイの農村地帯で
スコールや陽の光をとことん浴びながら
千切れそうな時間の中で
せっせと言葉を紡ぐ人が居る

見渡す限り何もない茶色の土地の
貧しい学校の窓から
日本の歌が聴こえてくる
屈託のない女の先生の日常は
夕刻　遥かチェンマイの雑踏へと駆ける
美しい古都の空気を浴びながら
そうやって言葉に日が暮れる
夜は震える闇の蝙蝠

今日も雨の向こうに見え隠れする白い便箋
溢れる言葉
タイの嗅いを運ぶ風に
男はこの白い雨の距離を計っているのか

地球の顔の記憶を忘れている人よ
めざめよ

白馬三山はもう秋の気配
雲表の稜線に紅の陽が差し込む
昨日の白い霧雨はすっかり上がり
山荘の前で吹くオカリナが
朝の風を運ぶ

鸚鵡貝

私の舟は　鸚鵡貝
無窮を航《ゆ》く　青い旅人です

御無音をぷくぷくと吐く息吹きに
縹渺《ひょうびょう》の大洋《うみ》は今日ものたり
遥かより潮《うしお》の香る便箋に
銀鱗躍る海の幸満つ

と

鮫よりも原潜の背鰭は凶器なり
瞬時の海に魂いずこへ
身近さの故に折れたる鶏頭は
白きマストの影にも届け

と

光芒《こうぼう》のオアフの海底《そこ》に咲く海藻《あまも》
空の藍より今朝の挨拶
週末は故郷の海眺めおり
コープランドの〈遠い音〉聴く
今はただ
慈愛の海に朝日がのぼり

と

怒涛の果てに陽が沈む時
語らえぬ寸描の怒り

わたしの舟は　鸚鵡貝
たおやかな　白い旅人です

神々の住む庭で

1．鍬の音符

空の薄い地球の上に
矩差形《かねざしがた》の小さな庭が見える
点にも満たない　その庭で—

そこは日本の西の田舎
南の畝は今　春菊が林を実らせ

大根は青やかな葉の露を弾き
一様に広がる葉手の群がり
隣畝《りんぽう》は乾いた土塊だが
もはや主張する霜柱の群生は溶けて
凍土の下に春を待つ蟲たちの
黄色い呼吸が聴こえる

そこに
鍬を打つ農婦が立ち働き
白い朝の吐息を吸う莨の
その先の氷柱《つらら》に光る春の息吹が―
また　一振り
平和の鍬音が大地を揺すり

土塊が跳ねる

そのとき
〈イラクのレンガ色の混雑する街が轟音と　黒煙に包まれ、「バグダット自爆攻撃　通勤中　市民恐怖」　メディアが伝える朝のニュース。〉

きっと
〈ヒマラヤでは、３８６０メートルのタンボチェの僧院で、村人たちがフェスティバルを笑い、その声がホルンのように大地を震わせ、谷を渡り、山を越えて、天空に上るだろう。〉

希求を

一振り　一振り　また　一振り
神の住む庭で動く
春の鍬音が
地球に響く

2. 遠めがね

小さな桃の花が二つ
絲のすだれに映って見える雫玉

楼門に立てかけられた立春の看板
震える犬
凍えるシュラフから這い出せないでいる
錆色の吠える男

二月の夕暮れにヒマラヤへ繋がった
地下茎の電話が　ランタン谷の花から
〈ヒニチグスリオクッタカラ〉・・・・
春の風邪は鉛色のように重く
そいつが明け方の狭間　転がりながら
降りてくる青白い岩峰　落下する時間
草付尾根の放牧小屋《カルカ》を襲う
とぎれとぎれの夢魔—
稜線から陽が射しはじめると
まじないのように　バター茶をすする
そのとき　カラカラ山道を下ってくる
シェルパの高く重い肩の荷

それから　日本の田舎が見え
風鈴のように郵便配達婦が訪れる昼間
とどまる不思議な時間の手紙
東に消える寒さの風
鎮静する咳

さかさまの三月
小雪が舞うガラス戸の向こうに
水仙の花が並んでいる　朝の畑中

薄く霞んだ空が緑の丘を見下ろせば
同じ顔の人達がスクランブルに流され
通りに溢れ　それでも白いうなじの風が

横切る街
午後の住宅街の柔らかな地下茎　干した水菜
の土塊を落としている老夫婦の影
見上げれば　ヒマラヤへ飛ぶジェット機
遠めがね

ヒマラヤのフェスティバル
「マニ・リンドゥ」について

シェルパ族の最大の宗教行事で、偶然の遭遇でした。毎年11月に、タンボチェ僧院（3867 m）で開かれるようです。

エベレスト街道のナムチェ・バザール（3440 m）から稜線を歩き下り、また登りして夕方白い大きな僧院に辿り着いた平坦部（キャンプサイト）に立派な建物、その広場でお見せした写真のようなフェスが開かれようとしていました。

エヴェレスト街道の近隣の村々から、大勢の人達！　圧巻でした。独特の長いラッパや人達の笑いや（どうも村人達はユーモアを感じて…）〜

ヒマラヤの独特の空気感…に驚嘆し、感動を覚えました。

エッセイ

ヒマラヤのキンジロ

さくら色の季節

三月も終りに近いある日、松山市のU小学校の前を通りかかると、ソメイヨシノの花吹雪に包まれた二宮金次郎の銅像が、春休み中のしじまのなかで光って見える。しばらく立ち停って眺めていると、昨日のことのように、ヒマラヤの村のシェルパのことを思い出した。

ドゥン（ヒマラヤのホルン）が響く

霜か雪か?・テントの中で共鳴腔がいきなり全開し、魂を内側からゆするように始まった二〇〇三年の秋の週末。

ここは、エベレスト街道、タンボチェ村。寺院の中庭で、「青空の瞑想」（チベット仏教の修行者が行う）が終わると、きまって神々は天上から麓の村へ降りてくるという。そして、仮面舞踊劇が一段落すると、神々は村人の仕種をし、遠くの村へ歩いて帰るのだ—。そんな夢が現実となった。この新鮮な異郷での驚きと幸福感。

ドゥド・コシの谷の村へ

いよいよ念願の山旅が始まった。農夫が谷あいの畑でゆっくりと鍬を打っている。ナマステ！と挨拶すると、ナマステ！と、にこっと返ってくる。タルチョー（祈祷旗）がはためく家の庭から、鼻を垂らした子供たちが駆けて来る。石積み囲いのない痩地の畑では、朝の光のなかで、巻くことを忘れてしまったようなロールキャベツや、褐色のごわごわ襞付レタス、石ころざらめにブランコのインゲン、どれも鮮やかで歪な野菜たちの清澄な空気感、祈りの収穫が始まっていた。

文明と辺境と

ゆるやかに時空を超える神の楽園。その辺境で、人々は自然に逆らうことなく腰を曲げ、ヒマラヤの光の中で朴訥に働き、生きている。だから、顔立ちは浅黒くて神々しい。

今、世界の経済成長至上主義の底で、蒼くうすく笑う人達がひしめいている。その群の中で、人の感性は滅びかけて忌まわしい。あるとき、地球の青い空の呼吸と、心の豊かさを求めて、「蜘蛛の糸」のように山を越え、深い谷の吊り橋を渡って上って来る。そして、ざらざら道を足裏で感じ、息を切らして坂道を登り、また、谷底へ下る。（高山病予防の智恵?）この登り下りの行為を繰り返すうちに、ヒマラヤ山麓の人々に出合い、われわれに染みついたものとはちがう〝豊かさ〟を知るのだ。そうやって煩悩は飛び散り、何日もかけてヒマ・アラヤ（雪の住み家）の白き神々の座へ会いに行く。三日の後には、街道のチョルテン（仏塔）の遥か上部に、峻険なローツェ（８５１６米）、ヌプツェ（７８５５米）を従えた白いエベレスト（８８４８米）がきっと、顔を見せることだろう。

マーラーの第五交響曲

第四楽章「アダージェット」が幽かに聴こえてくるか。その音は、谷の合流点から吹いてくる風のように、柔らかい感触の憧憬でもあり、ヒマラヤン・ブルーへ聳え立つ白き神領、クーンブ・ヒマール（エベレストのある山域）の磁界へ引き寄せる囁きなのかもしれない。尖った思考は、長く歩く距離のなかで削り取られ、やがて、たおやかな時間に溶けてゆく。

ビスターリ！（ゆっくりと！）

石の道を、だらだら坂をゆっくりと歩き、高度をかせぐ。トップは若いシェルパ。おそらく、アフリカの木彫面よりはるかに優しい顔だ。われわれツァー・パーティーの重い荷物を背負ったこのヒマラヤンが、ゆっくり歩きながら、よれよれのわら半紙の本を読んでいる。車社会の生活だから自然には脆弱なトレッカーは呼吸が乱れやすく、バテやすいのが常だ。行動中、立ち止まる人がいれば、「ダイジョブ?」と声を掛けて、深い眼差しが覗き込む。ビスターリ!ビスターリ!

ナイフの刃のような稜線から鐘の音が聴こえてきそうな午後、ナムチェ・バザールの村は近い。若いシェルパは、相変わらず日本語と格闘しながら、ゆっくり歩いている。シェルパ族の郷から、にぎにぎしい仏教音楽が谷を渡って聴こえてくる。

オン・マニ・ペメ・フム（唱文＝おお、蓮の内なる宝珠よ）

そのとき、ふっと曼荼羅《まんだら》の風を感じ、ヒマ・アラヤへ続く最後の急坂に、ナムチェの色彩と香煙、苦渋と希求が原風景のように漂ってくる。そのたゆたう時間の流れのなかで、本を読むこの青年J君。山岳飛行場のあるルクラの出身である。

ツアー・リーダーが一、二、三、四‥‥と数えれば、彼は指を折りながら、イッチ?ニ、サン?シ‥‥と繰り返す。アイウエオも同じだ。何度も、何度も繰り返す。

ヒマラヤの金次郎

まさに〈金次郎!〉「キンジロ?」彼の日本語に打ち込む健気な純真さは、二歳半から習い事をする、今の日本の子供のそれとは大いに違う。この何も無い学ぶ連続と希望、そしてカタコトでも良いやりとりの原初的な綾と仕種。カルチャー・ショックではなく、揺れる教育の方が恐ろしい気がする。物質的（経済的）な援助を乞うのではなく、何かを知ろうとする学びの真剣さ。そして、自然から学びとった道理と慈愛。まさに、生命の浄化を感じたのである。

山旅の終わる日、夕食の後片けが終わると、待ってましたといわんばかりに、キンジロが打つムドール（太鼓）に合わせて、「レサム・ピリリ」を賑やかに歌い、踊り出すこの団欒。

―絹の布が風に吹かれて、ヒマラヤの山並みの彼方に飛んでいく―

やがて、深い谷の上の白い尖峰が、想像を絶する星の群れに光り、ヒマラヤの麓の村は、夜の帳に包まれる。

翌日、ルクラの飛行場の柵の外で、山麓の人達とキンジロが静かに手を振っていて、やがて、小さくなっていった。

エベレスト街道

地上の楽園《シャングリラ》

眠らない夜の辺境を越えると
ペールギュントの朝の光が
微《かす》かによぎっては消える

沈黙する黎明のナムチェバザール　三四四〇メートルの村
屋根を這ってくる紫音《しおん》　反逆する午後の風景　それは　村のメイン
ストリートのインターネットカフェ　頂のパラボラ・アンテナ　そ
れは　眺望の丘の博物館　裏は防備の陣地　光る銃口

この景観に纏いつく混沌の朝を天幕《テント》に封じ込めて
カラカラと凍える血温《ちおん》
ふつふつと溶かした憧憬の絵の具
そして今
浅草の賑々しい酉の市の掛け声が——
パキスタン地震！　その壊滅的な被害を受けた人達の声が——
だから今
踞《くぐ》まった寝袋《シュラフ》を抜け出すのだ！
ボロボロの山靴に夢と希望をしっかり塗りこんで　山麓の道すがら
　輝く目のおだやかな人達の話を吸おうではないか　ここは神々が
創造した地上の楽園ヒマラヤ　住み心地の歴史はごらんのとおりだ
——
もう　カチャカチャ騒いでいる食器の調理場で　野趣いっぱいの料

理を装っている

白い扉が開く
希求の配達を命じる
エレベストの門番アマダブラム
今朝の秋は　ヒマラヤン・ブルーだ
雛《ダンフェ》が踊っているクムジュンの石積みの庭で
生まれたての空気を吸いながら
シャングリラはもう
羽ばたいている

流れ

燃える八月
黒部の源流は
おも垂れる岩間の水球《みずたま》
山陵を写し込み　ゆるやかに回る天界
あるいは　回転しながら
都市を激写する墨色の紡錘
小さな枠の中で
転生し始める曼荼羅―

そのとき
地球に落下する一滴

やがて　流れ始める澄み色と
やがて　狂乱し始める赤色の暴虐と

伊予の里山に
本流より取り込んだ疎水がある
灼熱の午後　午睡する村
葉影に潜む銃器のように
見えない音に怯え
迷走する魚影

そのとき
魚道の流れにゆらぐ声紋
地球の守護神か
老女《ひと》が立ち　流れる語り
記憶する耳音《じおん》

地界を供養する夕刻
集散する魚影
流れのように　畑中を行く村人
谷に　薄明の月が昇る

祈りの谷

道を隔てた向こうの教会から
浅き春の白い尾根を這って　鐘が響く
風が河を切って　吹きつける

過ぎていった２００７年　なごり雪の季節《とき》を
越えると　もう白いヒマラヤ・・・・
深雪のランタン谷　静かに清貧なる憧憬は

突然鳴り出すピアノのように　驚愕の世界へ
と広がる　思わぬ新雪に　早咲きの石楠花の
蕾は　陽春の会話を待っているのか

西の弦のような空が一瞬紅らむと　ブッダロッジに薄く灯が点る
ふたたび雪が舞い　衿を立てたトレッカーが
駆け込む夕べ　庭にたたずむ馬　背に積もる雪　せわしく薪をくべ
る女主人

　ストーヴに夜話が弾く浅春《はる》の谷

陽光を浴びて谷は明るい
「ナマステ!」

人達の眼は茶色くゆるみ　登山隊が置いていった一本のスキーに
じゃれあう子ら　幼な児をおぶった老婆が背を返し　立ち去る白い
道　あるいは　　ドッコの中の赤ん坊　あるいは　痩せ細った野菜
たち・・・・
この谷で生きるということは—
脈々と続く掛け替えのない日常は笑い　ふたたび巡る白い夕闇　涙
のように垂れるストーヴの松脂《まつやに》

宇宙《そら》に祈るヒマラヤ犬の近き吠え

とぎれる会話

広いU字谷の凍える雪明り　神の汚れなき悪戯に飛べないでいる竹

とんぼ　３８００メートルの引越し　新雪のオブラートに包まれた
ヤクホテルは准夜の仕事　ときどき音が駆ける・・・
豆球のほの暗き廊下　タンクに溶けた氷河の氷を持って立つ　夢を
売る男

たとえば　ある日のテレビ報道　〝ヒマラヤの氷河湖崩壊の危機！〟
大音響の崩壊を止めようと腑がざわめく悶え　開かないドアを睨む
籠人《かごびと》・・・

スターダスト！

ヒマラヤの祭りが始まる満天の星群《ほしむれ》　その遙か眼下の何処かで　危
くなった地球にたたずみ　祭の順番を見守る震える犬たち　ふつふ

つと刻を歩むのか
そのとき　激しく速写するニュース！

やがてはと・・・・
雪明りの深い谷の底で思索し　祈る韃靼人
氷河なる大音響に消え言の魂《たま》

祈りの谷

繕い聴こえる音が

おお・・・
ヒマラヤン・ブルー！
遥かに望むその山裾に
小さな繕いの仕種が聴こえる

アンナプルナ・サウスが光る十一月
その山巓に薄く残月が留まる朝
ゴラパニの村を発った

茶店のある峠　石の道
それから二三軒の民家が並ぶ街道
ゆるく日の差し込む庭先で
一本の水道に背を屈め
長い髪を洗っているチョロ(1)にルンギ(2)の婦人
ほんの一時を繕うたおやかな 習《ならわし》
ヒマラヤの音

地球の出!
大洋の真ん中にダーク・ブルーの
漂流する島が見える
眺望する地球の記憶を紡ぐ
ポケットの中の日常

たとえば・・・
春清ら　潮騒の浜で
老いた漁師が網を繕っている
蟷螂に会ったか？
アルバムを取り出し
過去の時間をとりなす独り言
猛暑の盆　遠方より来たり初ひ孫
家族を繕う夕餉
寒露か　秋の日の縁側
古着を繕う老妻の指の太さに
小春日の美術館　よし笛のミニコンサート
「もののけ姫」の演奏終えて立つ祖母と真子

一礼の後　エントランス出る
空寒き踏み切り　会話聞こえり老夫婦二組
〈寒うなりますから　お気をつけなさいよ〉
〈そちらも・・・〉
寒稽古終り　武具店に立つ水戸の少年
〈またこわしておいで　気をつけてお帰り〉
双方《ふたつ》の礼厚き朝

花は　むやみに手折るものではなく
むやみに捨て去るものでもない
その美しさ尊さは　過ぎ去るものではなく
在るものの呼吸する日常が
聴こえるために—

青い空も　白い雲も
燃え盛る火も　豊かな水も
そして　なによりも温かい黒い土を
繕い聴こえる音のために

脚注　1　チョロ＝ぴったりした丈の短いブラウス
　　　2　ルンギ＝腰巻き（巻きスカートにも）

Y字路・貌

梅雨のうすい晴れ間
古びたマンションの台所に湯気が満ちて
いただき物の　取れたての豌豆《さやえんどう》がちらほら
白いご飯の上にふんわりと乗っかって…
パッヘルベルのカノンが流れる
半月形の食卓で
スローモーションのように
話しながらうなずきあう

ふつうの人びとがいて
朝の顔がある

六月の　かっと照りつける太陽はいやだが
ふと　荒々しく吹き出す南の風も——
よろけるように　その狭間の真っ昼間を
三日分の食材を買って帰る道すがら
空気の流れに沿って走る二つの自転車は
住宅街の辻を曲がる

(同じようにと思っていたのだが・・・)

時間を巻きもどすように

Ｙ字路の接点に引き返してみる
床屋のサインポールは消えていて
ああ　月曜日だったんだ
半分だけ開いているドアを覗きこむと
ジャコメッティのディエゴの胸像のように
男が写っている
加齢のせいか
いいえ　だまし絵でもないな
まるで失くした主題を探すように
古い貌が鏡の中の五線譜を
ゆらぎながら追っている
「こっちよ！」
横断歩道の無いその先で

ふつうに老いた女《ひと》が
叫んでいる

残　響

くぐもる日本の冬の
うずくまる宙がある——

吠えたてる気団の声のように
今日も谷間の林の中衛は
不協和音が弾き
響きあう
その　うすく笑う都市の貌から

やがて　塗り固めた混凝土《コンクリート》は凍えていき
暮に沈みこむ　か
残夜の虎落笛《もがりぶえ》　浅い眠りの澱柄《おりがら》
そうやって　寒燈のような冬の空が
また　明ける
だから　人達は長い年月をまとうように
小さな芽を　そっと・・・・
包む仕種を身につけたのだ
それは　震える犬のように
今　新雪という希求に手をかざし
あらたかに現れた時の気配に
幼子は　生まれたての二語を発し
ばらたは　すこやかに詩のことばで訴える

そして　汚れのない請願を音譜に紡ぐ日々

たとえば　ヒマラヤの白き神々の座から
誘発される氷河融水の恐怖
山麓の人達の貧困と笑顔の悲哀
そして　熱くゴンパに礼拝する人々
そのとき　ホルンのつんざく音が聴こえ
祈りが響く・・・・

深い谷に振動する浅い春の空気
平和の刻を待つ
国境という山岳村のはずれに
今　在る

インダス河を渡る

ばらた族のおびただしい時の残響——

時感

桜花散るころほいに
はらはらとほどける無冠の言葉たち
それは　のどかな春の山塊の
倚りかかるもののない空を
古い切抜きのように
縹渺する

やがて　自然の摂理か

（いや　そうではないのか）
役者の演じる放蕩老人のように
おおかたは澱む水面に艶やかに咲いて
終息《おわり》を告げるのか

そして　空は鈍色に垂れ下がり
もはや　春の雪のような感傷をなくし
それがひとひら
また　ひとひら
ぐいっと―

かつて　言葉は時間にさからいながら
酔いどれ天使のように

うすい時代と響きあって
かっかと生きていた
(それがどうだ)
わが心のカルカよ
お前の扉をもういちど開け放してくれ
煤けた暖炉の部屋に
春の風を入れよう
泣くか　ドッコの中の赤ん坊・・・

雪の下は小さく芽吹き
ぼくは草の上に寝ころがって
春光を待とう
ヒマラヤ襞のガンチェンポが白く光り

その眼下　遠くの斜面で
ヤクが草を食んでいる

安曇平叙景

坂道を下るとハナミズキ、過ぎていったかさくら横ちょうは、まだ心の中にある。団欒という夕刻は遠い所にある。五月の輝く朝、はしゃぐ声のない子供の日、台所で三点セットの器が弾けてはいる、うすい食卓。

旅に出よう。山靴の紐をしめ、自分の回帰線をたどろう。一緒に行こうか。せめて中央本線特急しなので行こう。一葉の写真を胸に。北アルプスから広がる侵食地形・安曇野平。山峡の風、岸辺の光、立ち停まる里山の家々。カレンダーの余白は〝身心淡白〟か、顎に

手をやりその顔が車窓に写るおかしみ・・・・
　五月の安曇野、常念岳から降りてくる風が信濃の暑さをやわらげる。穂高川の瀬音、桜の葉群の下、早春賦の碑文奏でるオルゴール、犀川から高瀬川へ大糸線との間合いに集まる観光の館、その上手をトラックが突っ走り、コンクリートミキサー車と観光バスが交叉する147号線。時間という郷愁に時として現れる逆さの風景。
　そば屋のある山腹からの眺望は、しまい込んでいた風景《パノラマ》だ。信州という土地の響き、そして屹立する北アルプスの稜線、それから山麓に広がる豊かな田園地帯と散村。まるでパステル画、思いは安曇平村道の旅だ。
　蘇る昭和30年代の憧憬。詩人・尾崎喜八の「田舎のモーツァルト」、山岳写真家・田淵行男のフィールドワーク、そして「早春賦」「朧月夜」さらに「正調安曇節」・・・・

鐘霞む一本の長い道、帰る農夫、かついだ二本の鍬がカチンと音を立て、すれちがう農婦、その肩は空っぽの背追子、たどる家路。安曇平という空気感。混沌が消えてゆく　森の宿の窓辺、カラマツの林の上、月光は魂の生誕であり、情熱だ。今、私の中に叙景という時間から、希求の風が吹いている。

音聴箱《おとぎばこ》

ラモー「やさしい嘆き」に寄せて

あなたと二人で来た丘は　港が見える丘―〈あの頃　風のように行った隠密旅行　楽しかったね〉
谷の上手にある病院の桜の丘に雨が降ってソメイヨシノひとひら
またひとひら　この花の静かに舞い落ちる重さは　はかなさを背負った重さなのか　降って来る　落ちて広がる　今を語ろうとする花群……桜色した病棟に安らぎという香気が満ちている午後　水溜りに浮かぶ止まっている花柄のオブジェ　〈私のパジャマ似てない？〉散る美しさ　舞う艶さそれから聴こえてくるやさしい訴え

今という時間の重さ　苦しかった時代の薄れゆく染みの記憶　遠くで聞こえる家族という絆―いつの日か樹下のベンチで語ろう　囁きかける虚ろな眼の歪む風景……たとえば　週末の小さなテーブル　夕餉の団欒〈あの頃　峠だったのよね　何も知らないで―〉〈さあ五時間めの音楽だ　では　春の歌から始めるね〉ピアノが鳴り　それから好きだった「愛燦燦」か……又も訪れる声音の夜　この時祈りのように夕月は中天に上り　それから　色あせた桜の幹のような脚を摩り　摩る　健やかな旅立つ刻まで　温もりが伝わるまで

そうやって長い夜が空しく明けていくのです　花片は阿修羅の如く青白い光の中に降る　怒りや悲しみは　やがて生まれ出る若葉を思い浮かべ昇華しているのか―信号もなく幾時間か過ぎて　春の陽と落日がやって来る　辺りの空気が忙しなく流れ　家族が桜の幹を囲む　感謝という水を主根に注ぐやさしい嘆き　その時　輝く欠

き氷の赤い匙……〈おいしい？〉うなずいたように眼には港の灯が
見え　船の汽笛が聴こえ……
青白い灯り　唯一つ　桜を　照らしてた—「旅立つや春に名残りの
欠き氷」

初出一覧

牧神の午後に　詩誌「ばらた」26号
森へ入る日　詩誌「ばらた」38号
エッセイ 文明の十字路で　詩誌「ばらた」27号
辺境の楽園　詩誌「ばらた」29号
希求の風　詩誌「ばらた」31号
天蓋の蒼　詩誌「ばらた」33号
ヒマラヤ・風の谷へ　詩誌「ばらた」30号
エッセイ ヒマラヤ・風の谷を越えて　文芸同人誌「アミーゴ」47号
えひめの随筆賞入選作品
モディ・コーラの風に　詩誌「ばらた」32号
カルカへ　詩誌「ばらた」45号
雨の形 1 〈青梅雨〉　詩誌「ばらた」34号
雨の形 2 〈雨濯〉　詩誌「ばらた」35号
雨の形 3 〈白雨〉　詩誌「ばらた」36号

鸚鵡貝　２００３現代詩大会作品集「船」

神々の住む庭で　鍬の音符　２００４年愛媛新聞愛媛詩壇
２００４・短詩型文学 愛媛詩壇・年間賞

遠めがね　２００６年愛媛新聞愛媛詩壇
２００６・短詩型文学 愛媛詩壇・年間賞

エッセイ ヒマラヤのキンジロ　詩誌「ばらた」39号

安曇平叙景　２０１７「愛媛詩集」より

音聴箱　２０１５「愛媛詩集」より

おわりに

辺境とは、文化から離れた地域への旅を、と思惑から行動へと移行したとき、その道程のなかから生まれる驚愕であり、新鮮な入り口であろう。

人生の歩みのなかで感じる辺境とは、いわゆる憧憬の旅の行動化であり、その道程のなかから生まれるものではないだろうか。

私の場合、シルクロードは発見の旅であった。そこから得たものは、さらにより高く、より深く知の渕からヒマラヤ巡検へと自分をかりたてた。

エベレストは、いうまでもなくヒマラヤを形造っている主峰である。その白きたおやかな峰へ自分の憧憬とするヒマラヤを学びの旅として定年後家族に懇願し、その思いを辺境の旅として求めたのである。

その三回もの旅を許してくれた亡妻へ改めて心奥より感謝し、娘たちの理解も何とか取りつけて実行出来たことは、これこそ強い探究心の高揚以外の何物でもない。

登山家であり、写真家であり、昆蟲の大家であった田淵行男さんの「一心百楽」という言葉が好きである。〝心の若さ〟を忘れず、向後と向き合うためにこの詩集を活かしたい。

詩集「神々の住む庭で」を書く前に、定年後、あるいはそれ以向「存在する」ことの認識について考えることがしばしばあった。その発端は、向後、妻が健康であることであり、万一の時は家政の処し方は？など、何をどうやっていいのか不安がないでもなかった。時折、日常を考えてはみたものの、健康のこともあり、社会的にはもはや何の役にも立たないのではないか。本質に凝念をもちながら、自分流の〝ゆとろぎ〟（「ゆとろぎ」＝片倉もとこ＝「ゆとり」と「くつろぎ」のことで、片倉さんの造語）その気持ちを源に、表記のような詩集を出すことにした。その詩集の詩の泉となったのは、「詩誌ばらた」の同人が原点であり、「愛媛詩話会」の堀内統義さん、森原直子さんほか、お世話になった皆さんの詩の磁場によるものと考えております。

出版にあたっては、絵日記作家の神山恭昭さんに、パソコンによる原稿づくりからアイデアまで大変なお世話になり、この詩集が産声（初めてで最後の――）を上げたことに感謝しております。また、詩人の堀内さんには、四季の山旅へ誘うような詩評を書いていただき有難うございました。そして創風社出版の大早さん御夫妻には、ヒントと丁寧な印刷業務をやっていただき、大変喜んでおります。（これで土産が出来ました――）

〈感謝〉

春の里山のような詩集を出すことにより、向後の健康な生き方に活用できればと念じております。

令和元年五月五日　妻の命日に――

■著者　志賀　洋（しが　よう）　本名：志賀弘明
1935年、宇和島市生れ
県立宇和島水産高校勤務　同高校で定年退職
在勤中、法政大学文学部地理学科卒業（通教）
1970（昭和45）年～1983（昭和58）年、「月刊ばらた」所属
1989年9月『左へ曲がる鬼たち』ばらたの群像発行（共著）

詩集 神々の住む庭で
－パミールからヒマラヤへ－

2019年5月5日発行　　定価＊本体1500円+税
著　者　志賀　洋
発行者　大早友章
発行所　創風社出版
〒791-8068 愛媛県松山市みどりヶ丘9－8
TEL.089-953-3153　FAX.089-953-3103
振替 01630-7-14660　http://www.soufusha.jp/
印刷　㈱松栄印刷所　　製本　㈱永木製本

ISBN 978-4-86037-275-0